AF509277

DISCOURS

PRONONCÉS

DANS L'ACADÉMIE

FRANÇOISE,

Le Jeudi 26. Janvier MDCCXLVII.

A LA RECEPTION

DE M. DU CLOS.

A PARIS,

DE L'IMPRIMERIE DE JEAN-BAPTISTE COIGNARD,

IMPRIMEUR DU ROI, ET DE L'ACADE'MIE FRANÇOISE.

MDCCXLVII.

M. du Clos, *de l'Académie Royale des Belles Lettres, ayant été élû par Messieurs de l'Académie Françoise, à la place de feu M. l'Abbé Mongault, y vint prendre séance le Jeudi 26. Janvier 1747. & prononça le Discours qui suit.*

Messieurs,

Apre's les hommages que tant d'hommes il‑luftres vous ont rendus, on pourroit croire que la matière en eft épuifée. L'empreffement avec lequel on fe rend à vos affemblées publiques, l'attention, la curiofité même qu'on y apporte, paroiffent auto‑rifer cette idée. Il femble qu'on y vienne, non pour juger un ouvrage ordinaire; mais pour être témoin d'une difficulté vaincue, & qui devient cha‑que jour plus infurmontable par les fuccès.

A ij

J'avoue, Messieurs, que je n'ai jamais envisagé sous cet aspect le devoir que je remplis aujourd'hui ; je ne l'ai point regardé comme devant être une preuve de talent propre à justifier votre choix ; ce n'est point à une loi que je crois obéir ; je cede à un sentiment plus noble & plus digne de vous, Messieurs. Les bienfaits exigent la reconnoissance ; ceux qui sont capables de la ressentir ne sçauroient la rendre trop publique, & le devoir dont je viens m'acquitter, se perpétuera par le principe qui l'a fait naître. Des engagemens de citoyen auxquels tous les autres sont subordonnés, ont suspendu mon hommage ; mais je joüis enfin du plaisir de vous marquer ma reconnoissance, & l'honneur que je reçois en est le plus sûr garant.

La gloire d'être assis parmi vous est l'objet de tous ceux qui cultivent les Lettres ; le principe de leur émulation, la récompense de leurs succès, quelquefois un encouragement dans leurs travaux. Ce ne peut être qu'à ce dernier motif que je dois la grace que vous m'accordez ; mais vous ne pourriez pas toujours réparer vos pertes, si vous ne comptiez pas que vos bienfaits peuvent devenir pour ceux qui les reçoivent un moyen de les mériter.

Je ne chercherai donc point à me dissimuler la distance qu'il y a de moi à mon Prédécesseur : peut-être faut-il se proposer un terme au-dessus de ses forces, pour être en état de les employer toutes, & je n'en ai point à négliger.

M. l'Abbé Mongault élevé dans les meilleures

écoles en fut bientôt l'ornement. Des maîtres il‑
luftres fe glorifioient de lui avoir donné les pre‑
mières leçons, & l'auroient préfenté comme une
preuve de l'excellence de leur méthode, fi un tel
difciple eut pû tirer à conféquence. Par un retour
heureux, l'honneur qu'il avoit fait à fes maîtres, lui
procura celui d'élever un Prince, dont la vertu nous
interdit l'éloge qu'elle mérite.

Monfieur l'Abbé Mongault ne dut qu'à lui la
préférence qu'il obtint fur fes concurrens. Un Prin‑
ce d'un génie élevé avoit intérêt de faire un bon
choix : M. l'Abbé Mongault n'avoit befoin que
d'être connu ; il l'étoit, il fut choifi. Loin de fe re‑
lâcher alors des études auxquelles il devoit fa célé‑
brité, il en fit une utile application au devoir pré‑
cieux dont il venoit d'être chargé. Il fçavoit d'ail‑
leurs qu'une réputation d'éclat n'eft jamais dans un
état de confiftance ; fi elle ne croît, elle s'éclipfe. Il
s'étoit déja fait un nom par la traduction d'Héro‑
dien : il l'augmenta par celle des Lettres de Cicé‑
ron à Atticus, & fit voir qu'un Traducteur, qui eft
toujours un citoyen utile, peut être encore un Cri‑
tique éclairé, un Philofophe & un Auteur diftin‑
gué. Il y a des genres où il eft facile de réuffir à un
certain point ; mais la fupériorité eft peut-être en
tout genre d'un mérite égal, quoique différent.

On trouve dans les traductions de M. l'Abbé
Mongault, la pureté & l'élégance du ftile ; & dans
les notes, une érudition choifie, la précifion, la
juftefle & le goût.

A iij

Quelque plaifir qu'on eût à lire fes Ouvrages, on ne le préféroit point à celui de converfer avec l'Auteur, & l'on fçait combien il eft rare de trouver des hommes fupérieurs à leurs écrits.

Le caractère de M. l'Abbé Mongault avoit avec fon efprit la conformité qu'il auroit dans tous les hommes, s'ils ne le défiguroient pas. Ses idées, fes vertus, fes défauts mêmes, tout étoit à lui. Le commerce du monde l'avoit inftruit & ne l'avoit pas changé, puifqu'il ne l'avoit pas corrompu. Il ne confondoit pas les dehors d'une fauffe politeffe avec l'eftime, ni de frivoles attentions avec l'amitié. Jamais il ne refufa fa reconnoiffance aux fervices, ni fes éloges au mérite ; mais il accordoit moins fon amitié par retour que par attrait. Il ne recherchoit pas fort vivement des amis nouveaux, parce qu'il étoit fûr de ne perdre aucun de ceux qu'il avoit.

Penfant librement, il parloit avec franchife, ne cédoit point aux fentimens d'autrui par foibleffe ; contredifoit par eftime, ne fe rendoit qu'à la conviction. Il étoit un exemple qu'un caractère vrai, fût-il mêlé de défauts, eft plus fûr de plaire continument, qu'une complaifance fervile qui dégoûte à la fin, ou une fauffe vertu qui tôt ou tard fe démafque.

Né avec ce difcernement prompt qui pénètre les hommes, il joignoit à la fagacité qui faifit le ridicule, l'indulgence qui le fait pardonner ; au talent d'une plaifanterie fine, un talent encore plus rare, celui d'en connoître les bornes. Avec moins d'ef-

prit qu'il n'en avoit , il auroit pu ufurper la réputation d'en avoir davantage , en fe rendant redouta-
ble dans la fociété , il ne ceffa jamais d'y être aima-
ble. Sa faveur auprès des grands fut toujours égale,
parce qu'elle étoit méritée. On ne déplaît fans fujet
que lorfqu'on a plû fans motif. Je parlerois de fes
liaifons intimes avec les gens de lettres , fi l'amitié
entre eux devoit être un fujet d'éloges. Leur devoir
eft d'éclairer les hommes ; leur intérêt , de vivre
dans une union qui réduife leurs ennemis à une
jaloufie impuiffante & peut-être refpectueufe.

C'étoit à ces titres que M. l'Abbé Mongault
rempliffoit fi dignement parmi vous, Messieurs ,
une place où vous daignez m'admettre. Plus jaloux de votre gloire que de la grace que vous m'accordez , je n'aurois ofé ni la rechercher , ni la recevoir , fi je n'éprouvois depuis plufieurs années
quels fecours on trouve dans une Compagnie Littéraire. Je fens avec la plus vive reconnoiffance
ce que je dois à l'Académie des Belles Lettres :
j'y vois tous mes Confrères comme autant de bienfaicteurs , trop habitués à l'être pour s'en appercevoir eux mêmes. J'ofe me flatter que mon atta-
chement leur eft connu ; mais je voudrois avoir autant d'occafions de le publier , que j'en ai de l'augmenter chaque jour.

J'efpère , Messieurs, que je ne vous de-
vrai pas moins : les hommes tels que vous s'enga-
gent par leurs propres bienfaits. Peut - on ignorer d'ailleurs les avantages néceffairement attachés

aux Académies. Les hommes n'ont adouci leur état qu'en vivant en société ; les Sciences & les Lettres ont dû tirer les mêmes secours de la réunion des lumières. Le premier essor de l'esprit est toujours accompagné d'une présomption qui peut d'abord lui servir d'éguillon , mais qui doit aussi l'égarer. Le commerce avec les hommes illustres , la comparaison qu'on ne peut s'empêcher de faire de soi-même avec eux, la réflexion, les progrès mêmes , en inspirant la confiance, font connoître des difficultés. Plus on s'élève, plus l'horison s'étend ; plus on apperçoit d'objets, & plus on en conçoit où l'on ne peut atteindre. L'école du mérite doit être celle de la modestie. En effet, si les hommes sont injustes en leur faveur , ce n'est pas dans le sentiment intérieur qu'ils ont d'eux-mêmes , c'est dans le jugement qu'ils en prononcent ; & dans l'idée qu'ils en veulent donner aux autres, il est rare que l'amour propre aille plus loin.

Le concert des esprits ne sert pas uniquement à les rendre plus retenus & plus sûrs ; c'est du choc des opinions que sort la lumière de la vérité, qui se communique, se réfléchit, se multiplie, développe & fortifie les talens. Le génie même, cet espèce d'instinct, supérieur à l'esprit, plus hardi que la raison, quelquefois moins sûr, toujours plus brillant ; le génie, dis-je, qui est indépendant de celui qui en est doué, reçoit ici des secours. On ne l'inspire pas ; mais des préceptes sages peuvent en régler la marche, prévenir ses écarts, augmenter

ter ſes forces en les réuniſſant , & les diriger vers leur objet.

Si l'on réfléchit d'ailleurs ſur les occupations qui vous ſont communes, on verra que le ſoin de po‑lir & de perfectionner la langue , n'a d'autre objet que de rendre l'eſprit exact & précis.

Les langues qui paroiſſent l'effet du hazard & du caprice , ſont aſſujetties à une Logique d'autant plus invariable , qu'elle eſt naturelle & preſque machi‑nale. C'eſt en la développant qu'on éclaircit les idées , & rien ne contribue tant à les multiplier que de les ranger dans leur ordre naturel. En remon‑tant au principe commun des langues , on recon‑noît , malgré le préjugé contraire , que leur premier avantage eſt de n'avoir point de génie particulier , eſpece de ſervitude qui ne pourroit que reſſerrer la ſphere des idées. La Langue Françoiſe élevée dans Corneille , élégante dans Racine , exacte dans Boileau , facile dans Quinault , naïve dans la Fontaine , forte dans Boſſuet , ſublime auſſi ſou‑vent qu'il eſt permis aux hommes de l'être , prouve aſſés que les langues n'ont que le génie de ceux qui les employent. Quelque langue que ces Hommes illuſtres euſſent adoptée , elle auroit reçû l'empreinte de leur génie , & ſi l'on prétend que le caractère diſtinctif du François eſt d'être ſimple , clair & naturel , on ne fait pas attention que ces qualités ſont celles de la converſation , qu'elles ſont néceſ‑ſaires au commerce intime des hommes , & que le François eſt de tous le plus ſociable. Quelques

Peuples paroiſſent avoir cédé à leurs beſoins mu-tuels, en formant des Sociétés, il ſemble que le François n'ait conſulté que le plaiſir d'y vivre.

C'eſt par-là que le François eſt devenu la langue politique de l'Europe. Des Nations policées ont été obligées de faire des loix pour conſerver leur langue naturelle dans leurs actes publics. La néceſſité fait étudier les langues étrangères, on ſe fait même honneur de les ſçavoir; il ſeroit honteux d'ignorer le François qui chez ces mêmes peuples fait partie de l'éducation commune. Je ſuis très-éloigné de vouloir fonder notre gloire ſur la deſtruction de celle de nos rivaux, & d'abuſer de leur exemple en l'imitant; mais il m'eſt permis de ne pas diſſimuler ici de pareilles vérités.

On ne ſçauroit donc trop reconnoître le ſoin que vous prenez, MESSIEURS, de perfectionner une langue ſi générale, & dont l'étendue même eſt le plus grand obſtacle au deſſein de la fixer, du moins autant qu'une langue vivante peut être fixée; car il faut avouer que le caprice qui ne peut rien ſur les principes généraux, décide continuellement de l'uſage & de l'application des termes. Les Auteurs de génie doivent à la vérité ralentir les révolutions du langage, on adopte & l'on conſerve long-temps les expreſſions de ceux dont on admire les idées, & c'eſt l'avantage qu'ils ont ſur des Ecrivains qui ne ſeroient qu'élégants ou corrects; mais enfin tout cede au temps & à l'inconſtance, un travail auſſi difficile que le vôtre renaît continuel-

lement, puisqu'il s'agit de déterminer l'état actuel
& l'état successif de la langue. Que d'objets ne
faut-il pas embrasser à la fois, lorsqu'on voit dans
un même peuple les différentes conditions former
presque autant de dialectes particuliers ! Il faut l'attention la plus suivie, la discution la plus fine, le
discernement le plus sûr, pour découvrir & faire
appercevoir le véritable usage des termes, assigner
leur proprieté, distinguer des nuances qui échap-
pent à des yeux ordinaires, & qui ne sont saisies
que par une vûe attentive, nette & exercée. Il arrive
nécessairement alors que les idées se rangent dans
un ordre méthodique, on apprend à distinguer les
termes qui ne sont pas faits pour s'unir, d'avec ceux
dont l'union naturelle modifie les idées & en exprime de nouvelles. C'est ainsi qu'un petit nombre
de couleurs primitives en forment une infinité
d'autres également distinctes. En s'appliquant à
parler avec précision, on s'habitue à penser avec
justesse.

Tels sont, MESSIEURS, les services que vous
rendez aux Lettres, aux Sciences & aux Arts ; vos
lumières se communiquent de proche en proche à
ceux mêmes qui ne croyent pas vous les devoir. Il est
vrai que les services continus sont ceux qui conser-
vent le moins d'éclat; mais les bienfaicteurs généreux
ne s'informent pas s'il y a des ingrats, & l'ingratitude
marquée ne sert pas moins que la reconnoissance,
de monument aux bienfaits.

Quelque grands que soient les vôtres, on ne

devoit pas moins attendre d'une Compagnie où Corneille, Racine, Boffuet, Fenelon, la Fontaine, Boileau, la Bruyere & tant d'autres grands Hommes dictoient les préceptes, & prodiguoient les exemples dans leurs Ouvrages qui font les vrais Mémoires de l'Académie Françoife; & ce qui fait le comble & la preuve de leur gloire, leurs difciples ont été des hommes dignes d'être leurs fucceffeurs.

Le premier dont les jours font fi chers, je ne dis pas à l'Académie, un tel homme appartient à l'Europe, femble n'avoir pas affez vécu pour la quantité & le mérite de fes Ouvrages. Efprit trop étendu pour pouvoir être renfermé dans les bornes du talent, il s'eft maintenu au milieu des Lettres & des Sciences dans une efpece d'équilibre propre à répandre la lumière fur tout ce qu'il a traité. Il mérita, prefque en naiffant, des jaloux; mais fes ennemis ont fuccombé fous l'indignation publique, & s'il en pouvoit encore avoir, on les regarderoit comme des aveugles qui n'exciteroient plus que la compaffion.

Corneille & Racine fembloient avoir fixé les places, & n'en plus laiffer à prétendre dans leur carriere. Vous avez vû l'Auteur d'Electre, de Radamifte & d'Atrée s'élever auprès d'eux. Quand les places font une fois marquées, l'efprit peut les remplir, il n'appartient qu'au génie de les créer.

Les Etrangers jaloux de la Littérature Françoife, & qui femblent décider la fupériorité en notre faveur par les efforts qu'ils font pour nous la difputer, ne nous demandoient qu'un Poëme épique. L'Ouvrage qui fait ceſſer leur reproche doit augmenter leur jalouſie.

Moliere & Quinault avoueroient les Ouvrages de ceux qui ont marché ſur leurs traces, quelques-uns ont ouvert des routes nouvelles, & leurs ſuccès ont réduit les Critiques à n'attaquer que le genre.

Des Sçavans qui connoiſſent trop les hommes pour ignorer qu'il ne ſuffit pas d'être utile pour leur plaire, & que le Lecteur n'eſt jamais plus attentif que lorſqu'il ne ſoupçonne pas qu'on veuille l'inſtruire, préſentent l'érudition ſous une forme agréable.

Des Philoſophes animés du même eſprit, cachent les préceptes de la morale ſous des fictions ingénieuſes, & donnent des leçons d'autant plus ſûres qu'elles ſont voilées ſous l'appas du plaiſir, eſpece de ſéduction néceſſaire pour corriger les hommes à qui le vice ne paroît odieux que lorſqu'ils le trouvent ridicule.

Ceux qui uniſſent ici un rang élevé à une naiſſance illuſtre, ſeroient également diſtingués, ſi le ſort les eut fait naître dans l'obſcurité. Occupé de leurs qualités perſonnelles, on ne ſe rappelle leurs dignités que par réflexion, & l'Académie n'en retire pas moins d'utilité que d'éclat, ſemblable à ces Palais d'une architecture noble, où les ornemens font partie de la ſolidité.

Tant de talens divers, des conditions ſi différentes, doivent avoir pour lien néceſſaire & pour principe d'égalité, une eſtime réciproque qui vous affûre celle du Public. Vous faites voir qu'il faut être digne de l'attention quand on en devient l'objet. L'admiration n'eft qu'un mouvement fubit que la réflexion cherche à juftifier & fouvent à défavouer; les hommes n'accordent une eftime continue que par l'impoffibilité de la refufer, & leur févérité eft jufte à cet égard. L'efprit doit être le guide le plus fûr de la vertu, on ne pourroit la trahir que par un défaut de lumières, quelques talens qu'on eut d'ailleurs, & ce n'eft qu'en pratiquant fes maximes qu'on obtient le droit de les annoncer.

S'il fuffifoit, Messieurs, de fentir le prix de vos leçons pour en être digne, j'oferois y préten-dre. Permettez-moi cependant un aveu qui naît uniquement de ma réconnoiffance. Les biens les plus précieux par eux-mêmes font ceux dont on doit moins altérer le prix, & je n'aurois jamais af-piré à la gloire dont vous m'avez comblé pendant mon abfence, fi ceux d'entre vous dont j'ai l'hon-neur d'être plus particulierement connu, n'euffent fait naître, ou du moins enhardi mes premiers défirs. Si je n'euffe déja éprouvé vos bontés, j'aurois craint que les perfonnes qui m'honorent de leur amitié, eftimables par les qualités de l'efprit, refpecta-bles par celles du cœur, ne vous euffent donné de moi une opinion plus avantageufe que je ne la mérite.

Ce feroit ainfi, Messieurs, qu'on pourroit furprendre vos fuffrages que perfonne n'eft en droit de contraindre : en effet, qui font ceux qui compofent cette Compagnie ? les uns refpectables par les premieres dignités de l'Etat ne doivent guère connoître d'égards que ceux dont ils font l'objet, & fe dépouillant ici de tous les titres étrangers à l'Académie, s'honorent de l'égalité : les autres uniquement livrés à l'étude retireroient bien peu d'avantage du facrifice qu'ils font de la fortune, s'ils ne confervoient pas le privilege d'une ame libre : j'ajoûterai de plus que le Roi s'étant déclaré votre Protecteur, l'ufage de votre liberté devient le premier effet de votre reconnoiffance.

Votre Fondateur, MESSIEURS, fi jaloux d'ailleurs de l'autorité, fentit mieux que perfonne que les Lettres doivent former une République, dont la liberté eft l'ame, & que les hommes qui en font dignes, font les plus ennemis de la licence. C'eft par un fentiment fi honorable pour vous que la mémoire du Cardinal de Richelieu doit vous être chere. Que pourroit-on dire de plus à fa gloire, que le fait même dont on ne paroît pas affez frappé ? L'éloge d'un particulier a été mis au rang des devoirs fans qu'on ait été étonné d'un pareil projet, & ce qui n'eft pas moins glorieux pour vous que pour lui, ce devoir a toujours été rempli.

L'honneur d'avoir fuccedé à ce grand Miniftre, & fur-tout d'avoir été choifi parmi vous, rendra immortel le nom du Chancelier Seguier; mais Louis le Grand jugea bientôt que votre reconnoiffance n'avoit pas peu contribué à mériter à des fujets l'honneur d'être à votre tête, & qu'il n'ap-

16

partenoit qu'à votre Roi d'être votre Protecteur.
Ce Monarque mit par-là le comble à votre gloire,
& ne crut pas donner atteinte à la sienne ; lui dont
le caractère propre, si j'ose le dire, fût d'être Roi,
& qui n'a pas moins illustré les Lettres par la ma-
tiere que ses actions leur ont fournie, que par les
graces dont il les a comblées.

Votre gloire, MESSIEURS, ne pouvoit plus
croître ; mais ce qui est encore plus rare, suivant le
sort des choses humaines, elle s'est maintenue dans
le même éclat. L'auguste Successeur de Louis le
Grand a bien voulu vous adopter, & semble avoir
regardé votre Compagnie comme un appanage de
la Royauté.

Quel bonheur pour vous, MESSIEURS, de lui rendre par reconnoissance & par amour le tribut d'éloges
que ses ennemis ne sçauroient lui refuser ; il n'en a
point qui ne soient ses admirateurs. Ils ont la douleur
de succomber sous les armes d'un Vainqueur qui ne
se glorifie pas même de la victoire. Il l'envisage comme un malheur pour l'humanité, & ne voit dans
le titre de Héros que la cruelle nécessité de l'être.
L'intérêt qu'il prend aux hommes prouve qu'il est
fait pour commander à tous. Peu touché de la
gloire des succès, il gémit des malheurs de la
Guerre ; supérieur à la gloire même, né pour elle,
il n'en est point ébloüi : il combat, il triomphe,
& ses vœux sont pour la paix. Sensible, reconnois-
sant, digne & capable d'amitié, Roi & Citoyen
à la fois, qualités si rarement unies ; il aime ses

sujets

ſujets autant qu'il en eſt aimé , & ſon peuple eſt fait pour ſon cœur. Le François eſt le ſeul qui ſervant ſon Prince par amour , ne s'apperçoit pas s'il a un maître ; il aime , & tous ſes devoirs ſe trouvent remplis , par-tout ailleurs on obéit. La félicité publique doit être néceſſairement le fruit d'une union ſi chere entre le Monarque & le peuple. Que LOUIS ſoit toujours l'unique objet de nos vœux, ſi les ſiens ſont remplis , nous n'en aurons point à former pour nous-mêmes.

RÉPONSE de M. l'Abbé DE BERNIS, Directeur de l'Académie Françoise, au Discours prononcé par M. DU CLOS.

MONSIEUR,

JE ne dois point au caprice du sort l'honneur de préfider à cette Affemblée; l'Académie Françoise a voulu confier à vos amis le foin de vous marquer fon eftime. Elle auroit choifi entre eux, pour parler en fon nom, fi elle n'eût été fenfible qu'à fa gloire, un homme dont les talens font connus, dont les fuccès font affurés, & qui né à la Cour, pourroit négliger les Lettres s'il avoit moins d'efprit, & leur donner un nouvel éclat s'il étoit moins modefte.

En me réfervant l'honneur de vous recevoir dans fon fein, l'Académie, MONSIEUR, n'a point confulté mes forces, elle ne s'eft fouvenue que de mes fentimens; elle a envifagé comme une récompenfe de mon zéle & de mon refpect pour elle, le plaifir que j'aurois de vous couronner à fes yeux, & de mefurer le tribut d'eftime qu'elle m'ordonne de vous rendre aux éloges qu'infpire l'amitié.

Ces lieux ont affez retenti des louanges de l'efprit

& du génie ; c'eſt à l'amitié, c'eſt à ce ſentiment reſpectable que je conſacre aujourd'hui mes foibles talens.

Quel heureux moment pour vous & pour moi ! je n'ai point à craindre de vous trop louer ; vous n'aurez point à rougir de mes louanges : l'éloge d'un ami eſt toujours exempt de flatterie. L'homme indifférent peut, à ſon gré, diſſimuler les défauts, exagérer les bonnes qualités, ſuppoſer des vertus ; mais l'ami ne ſuppoſe rien dans ſon ami, il ſent tout ce qu'il exprime, & s'il ſe trompe quelquefois ſur l'étendue du mérite, il ignore toujours qu'il ſe ſoit trompé ; plus il eſt ſenſible, plus il eſt ſuſceptible de prévention, l'illuſion qui le ſéduit le charme en même temps qu'elle l'égare.

C'eſt pour me défendre, autant qu'il eſt en moi, d'une illuſion ſi flatteuſe que j'éviterai de m'étendre ſur le ſuccès de vos différens Ouvrages. Ce n'eſt point à votre ami à vous dire que l'eſprit qui y regne eſt un eſprit de lumière & de feu qui vole rapidement à ſon but, qui dévore tous les obſtacles, diſſipe toutes les ténèbres, & ne néglige quelquefois de s'arrêter ſur les divers accidens qui précedent, accompagnent ou ſuivent les objets, que pour préſenter plus vivement les objets mêmes. Il n'eſt permis qu'à des Juges ſans prévention, d'apprétier la noble hardieſſe d'un Ecrivain qui s'écarte des Routes communes, non par ſingularité, mais parce que ſon génie lui en ouvre de nouvelles, qui attaque avec force l'empire injuſte des préjugés,

& refpecte avec foumiffion toutes les loix de l'autorité légitime.

Je laiffe à vos juftes admirateurs, le foin d'ap-
plaudir à votre efprit ; mon devoir eft de parler de
votre cœur, de développer, de faire encore mieux
connoître cette partie de vous même, fi intéreffante
pour nous, & fans laquelle, en vous décernant la
couronne du talent & de l'efprit, nous aurions gé-
mi de ne pouvoir vous accorder le prix de notre
eftime.

Je dois rappeller pour la gloire des Lettres, ce
temps à peine écoulé, où l'honneur d'être affis parmi nous excita l'ambition d'une foule de concurrens eftimables : le public & l'Académie même partagés entre un Ecrivain célèbre, & un homme qui
joint au mérite littéraire l'avantage d'être utile à
l'Etat, s'occupoient fans ceffe des deux rivaux, dé-
fendoient avec chaleur leurs intérêts , & atten-
doient avec une impatience mêlée de crainte, le
moment marqué pour le triomphe. Jamais victoire ne fut mieux difputée ; jamais au milieu des fol-
licitations les plus puiffantes, la liberté de l'Académie, fi néceffaire au bien des Lettres, & le plus
grand des bienfaits de notre Augufte Protecteur,
ne fe conferva fi pleine & fi entière ; jamais deux
émules ne s'eftimerent de fi bonne foi , & ne fe
firent la guerre avec tant de probité : ils combat-
toient fans crainte , perfuadés que le vainqueur de-
viendroit l'ami le plus zélé de fon rival , au moment
qu'il feroit nommé fon juge.

L'événement juftifia cette confiance réciproque ; l'un & l'autre parti fe réunit ; les fuffrages fe confondirent pour être unanimes , & les juges cefferent d'être partagés entre les deux concurrens dès qu'ils eurent deux couronnes à leur offrir.

Vous ne devez pas regretter, Monfieur, de n'avoir pu folliciter vous-même une place que nous vous deftinions depuis long-temps. Vos amis pendant votre abfence ont achevé de lever le voile qui déroboit vos vertus ; ils ont révélé ces fecrets de l'honnête homme , ces actions généreufes faites fans oftentation & toujours cachées avec foin : ils ont mis dans le plus grand jour cette nobleffe de fentimens , cette fimplicité de mœurs , ce fond de franchife & de probité qui déconcerte fouvent la diffimulation , & attire toujours la confiance.

Pardonnez - moi , Monfieur , de m'occuper fi long-temps de vous ; peut-être un jour , placé où je fuis , verrez-vous entrer dans ce fanctuaire des Mufes un ami , vous fentirez alors combien il eft doux de pouvoir le louer publiquement , & combien il eft difficile d'abréger fon éloge.

Je n'ajouterai rien au portrait que vous venez de faire de votre célèbre Prédéceffeur ; vous avez faifi tous les traits qui peignent fon efprit , qui caractérifent fes ouvrages , & je les affoiblirois , fi j'effayois de les imiter. Je me contenterai donc de remarquer que Monfieur l'Abbé Mongault dans fes excellentes traductions a fçu affervir avec tant d'art la Langue Françoife au génie de la Langue

Latine & de la Langue Grecque, que les expref-
fions feules font changées , & que l'efprit de l'o-
riginal , confervé tout entier , femble avoir repris
une nouvelle vie : Hérodien dans fon Hiftoire,
Cicéron dans fes Lettres, parlent comme des François , & ne ceffent pas , s'il eft permis de s'expri-
mer ainfi , de penfer comme des Anciens.

M. l'Abbé Mongault eut encore un autre genre de mérite plus rare & plus grand aux yeux de la
raifon : févère critique des originaux dont il fai-
foit de fi belles copies, il apperçut des défauts dans
l'Orateur Latin , & un grand nombre de fautes dans
l'Hiftorien Grec ; il ofa les relever avec une har-
dieffe prefque fans exemple : fans doute , la fupériorité de fon efprit pouvoit feule l'empêcher de
tomber dans cette efpèce d'idolatrie fi commune
aux Traducteurs.

Venez , Monfieur , nous confoler de la perte
d'un Ecrivain fi eftimable ; nous fommes en droit
d'attendre de vous les mêmes fecours : comme lui ,
vous appartenez à une Colonie floriffante , qui for-
tie autrefois du fein de l'Académie Françoife , nous
rend par reconnoiffance les tréfors de lumière qu'elle
reçut autrefois de nous : venez nous faire part des
richeffes qu'elle découvre tous les jours , & por-
tez-lui en échange ces principes de goût, ces finef-
fes de l'art d'écrire qui font l'objet de nos recher-
ches.

Vous verrez regner dans nos affemblées l'égalité
la plus parfaite , malgré la différence des conditions ;

la docilité la plus grande, malgré la supériorité des lumières ; la concorde au milieu des talens, & l'union entre les rivaux.

Vous verrez l'Académie, toujours équitable, ne mépriser dans ses plus cruels ennemis que l'injustice de leur prévention, & louer, même de bonne foi, les dons précieux de l'esprit dont ils abusent contre elle.

Vous verrez enfin dans ce Temple des Muses les vertus exciter autant d'émulation que les talens. Oui, Monsieur, l'estime d'un Roi Protecteur des arts, les bontés d'un Monarque pere de son peuple, font pour l'Académie Françoise des motifs d'ambition plus puissans que les applaudissemens de l'univers & les louanges de la postérité. Admis au pied du Trône, vous bénirez avec nous le règne de la Justice; vous célébrerez les succès de la guerre, sans perdre de vûe les avantages de la paix. L'encens de la flatterie ne fume point devant notre Maître : le Roi méprise la louange ; il n'aime que l'expression du sentiment. Que nous sommes heureux ! En ne disant que la vérité, nous faisons l'éloge de son règne.

Bientôt son Palais va retentir de nos chants, bientôt un Fils digne de lui, un Prince l'espérance des François, qui au sortir de l'enfance connoissoit déja la probité & l'honoroit de ses éloges, va s'unir au pied des Autels à une Princesse illustre qui ne doit qu'à ses vertus le bruit de sa renommée. Bientôt ces deux Augustes Epoux vont former ces liens refpectables , qui affûrent la gloire du Trône & la félicité des peuples.

Que leurs nœuds facrés foient éternels ; que leur bonheur furpaffe leur efpérance & égale l'ardeur de nos vœux : une femblable union annonce à la poftérité la plus reculée , des Princes juftes ; aux ennemis de la France , des Vainqueurs généreux , & des Arbitres à l'Europe.